AF509240

LA

COUR DES COMPTES

ET

 SON HISTOIRE

CONFÉRENCES
SCIENTIFIQUES ET LITTÉRAIRES
DES FACULTÉS DE POITIERS.

LA

COUR DES COMPTES

ET

SON HISTOIRE

PAR

M. TH. DUCROCQ

PROFESSEUR DE DROIT ADMINISTRATIF

A LA FACULTÉ DE DROIT DE POITIERS.

NIORT

L. CLOUZOT, LIBRAIRE

Rue des Halles, 22

PARIS

E. THORIN, LIBRAIRE

Boulevard St-Michel, 58

1867

En me trouvant au milieu de vous, je me sens sous l'empire de sentiments divers à l'expression desquels je ne puis ni ne veux me soustraire.

Les uns sont d'une nature toute personnelle et toute intime. Vous les pardonnerez à celui qui, Niortais comme vous, ne vient pas sans émotion inaugurer les conférences publiques dans cette ville à laquelle tant de liens le rattachent. Si je ne savais sa bienveillance pour tous, et en particulier pour ses enfants, je concevrais d'autant plus d'inquiétudes que je connais davantage les talents et les lumières qu'elle possède dans son sein.

Les autres sentiments que j'éprouve sont d'un ordre différent. Ce sont sentiments de sympathie et de dévouement pour cette œuvre d'extension et de vulgarisation des hautes études, libéralement provoquée dans toute la France par le chef même de l'Université, favorisée par l'éminent administrateur de cette Académie, secondée par le zèle de votre administration municipale plaçant ces conférences sous son patronage; pour cette œuvre, enfin, à laquelle cet immense concours d'une population intelligente et empressée vient apporter ce soir une éclatante consécration.

Pour nous, chargés ailleurs de partager avec de savants

collègues l'importante mission d'initier vos fils à la connaissance des lois de notre pays, de son droit public, de ses institutions, animé de cette foi que de telles notions devraient être pour la plupart un complément d'instruction, comme professeur et comme citoyen, il nous était impossible de voir avec indifférence ces conférences publiques qui élargissent les amphithéâtres de nos Facultés et portent au loin, en l'offrant à tous, le grave enseignement de ces faits et de ces lois dans l'étude desquels nous passons notre vie.

En choisissant, Messieurs, pour sujet de cette conférence *La Cour des comptes et son histoire,* je ne me suis pas dissimulé que si je prenais pour thème l'une de nos plus grandes institutions, je venais aussi vous entretenir d'une partie de notre droit public, spéciale, peu connue, bien qu'elle appelle la publicité la plus entière, obscurcie pour beaucoup par des préjugés invétérés, et considérée par le plus grand nombre comme souverainement aride.

Je viens en effet vous parler de finances, et, dans le vaste domaine de notre législation financière, c'est la comptabilité publique qui doit nous occuper au point de vue de sa sanction.

J'ai à vous parler du jugement des comptes de gestion qui doivent être fournis par les *comptables,* et du contrôle des comptes d'administration qui doivent être présentés par les *ordonnateurs.*

Telle est, en effet, la double mission de la Cour des comptes : juger certains comptes, contrôler les autres ; et j'admets que cette étude semble, au premier abord, présenter peu d'attraits.

Mais veuillez songer, Messieurs, qu'il s'agit ici de la fortune de la France ! que cette fortune passe entre les mains des comptables, les uns, comptables de *matières,* chargés de la garde des magasins, des arsenaux, des usines, qui contiennent ou fabriquent ces richesses d'équipement et d'armement qui aident nos flottes et nos armées à la défense nationale ; les autres, comptables de *deniers publics,* préposés à la recette, préposés à la dépense, dans les caisses desquels passent, et les fonds des établissements publics, et les fonds des 37,548 communes de France, et les dix-huit cents millions du budget de l'Etat!

Veuillez considérer que ce trésor se forme par le sacrifice de tous, et du riche et du pauvre, dans la proportion des facultés imposables de chacun, ce qui est à la fois l'égalité et la justice en matière d'impôts!

Veuillez considérer que la loi française, sagement protectrice de la chose commune, veut que l'on rende compte de toutes les sommes, et de leur perception, et de leur emploi, de sorte que le jugement et le contrôle des comptes ont pour objet d'empêcher des mains criminelles de détourner ces valeurs de leur destination exclusive à l'acquittement des charges sociales!

Il s'agit, en un mot, de protéger la fortune publique contre les dilapidations et les désordres.

Si je ne m'abuse, Messieurs, lorsqu'on se place à ce point de vue (et si l'on s'y place logiquement, forcément,) la scène change.

Nous ne trouvons plus seulement de fastidieuses questions de chiffres; nous sommes en présence d'un intérêt national immense... Et l'étude d'un corps de magistrature, organisé pour lui donner satisfaction, ne saurait sans doute être dépourvue d'attraits dans un pays profondément démocratique comme le nôtre, où chacun est citoyen, où chacun est contribuable, et où la première règle de la comptabilité est celle de la publicité la plus entière.

Cette pensée m'a dirigé lorsque j'ai offert de consacrer à la Cour des comptes notre conférence d'aujourd'hui. Il m'a semblé que c'était encore là l'une de ces parties de notre droit public à la vulgarisation desquelles il pouvait être utile et patriotique de participer dans la mesure de ses forces.

Nous diviserons cette conférence en trois parties.

Dans la première, je raconterai l'histoire de cette institution.

Dans la seconde partie, j'exposerai les règles qui président à la composition, à l'organisation, à l'institution de la Cour des comptes.

Dans la troisième et dernière partie, j'aurai l'honneur de vous dire quelles sont les diverses attributions de la Cour.

PREMIÈRE PARTIE.

J'aborde la première partie.

L'histoire de la Cour des comptes peut se diviser en trois grandes périodes : période ancienne, période intermédiaire, période actuelle. La première embrasse toute l'ancienne monarchie ; la seconde commence à la Révolution française, et va jusqu'en 1807 ; la troisième commence en 1807, à la création de la Cour des comptes, constituée encore aujourd'hui à peu de chose près telle qu'elle est sortie des mains de son fondateur.

A chacune de ces trois périodes historiques correspondent trois systèmes différents pour le jugement des comptes. Le troisième et dernier système a su emprunter les avantages des systèmes antérieurs et éviter leurs vices ; il nous montre le présent profitant des expériences du passé.

I.

Première période (période ancienne) ; *premier système.*

L'ancienne monarchie a eu ses *Chambres des comptes,* correspondant dans une certaine mesure à la Cour des comptes d'aujourd'hui.

Dans le principe il n'y eut qu'une seule Chambre des comptes, siégeant à Paris pour toute la France.

A partir du xvie siècle il y en eut plusieurs autres dont l'existence se rattachait à la division des anciennes provinces, en pays d'états et pays d'élection.

En 1789, il y avait dix Chambres des comptes siégeant à Paris, Dijon, Grenoble, Aix, Nantes, Montpellier, Rouen, Metz, Nancy et Bar-le-Duc.

Quatre autres, à Lille, Dôle, Blois et Pau, avaient été successivement instituées, puis supprimées et réunies à divers parlements ; elles n'existaient plus en 1789.

A cette date, la Chambre des comptes de Paris était composée d'un premier président, douze présidents, soixante-dix-huit maîtres, trente-huit correcteurs, quatre-vingt-dix auditeurs ou clercs du roi ayant voix délibérative sur les objets de leur rapport, un procureur général, un avocat général, et deux greffiers en chef.

Les Chambres des comptes des provinces étaient organisées sur le même modèle.

Mais aucun lien ne les rattachait à la Chambre des comptes de Paris; elles étaient souveraines comme celle-ci, qui elle-même ne l'était pas devenue sans difficulté.

A l'origine elle avait fait partie du Parlement; puis elle en fut séparée, et les deux compagnies demeurées rivales eurent de nombreux conflits, principalement relatifs au droit, que le parlement prétendait exercer, de connaître par voie d'appel des décisions de la Chambre des comptes de Paris.

Permettez-moi de vous dire quelques mots de cette lutte, parce que nos voisines, les villes de Saint-Jean-d'Angély et de La Rochelle y jouent un certain rôle.

Une ordonnance donnée par Louis XI à Saint-Jean-d'Angély permettait d'interjeter appel au parlement des décisions de la Chambre des comptes; bien qu'une autre ordonnance du même roi, du 26 février 1464 (1), contint une règle contraire, l'antagonisme des deux juridictions, profitant de ce conflit de décisions opposées, dura jusqu'à François Ier; ce roi y mit fin à l'occasion de l'incident que voici.

Les habitants de La Rochelle se prétendant lésés par un arrêt de la Chambre des comptes, en interjetèrent appel au parlement. François Ier envoya des membres de son conseil pour s'interposer et il rendit une ordonnance défendant au par-

(1) Cette ordonnance, dans un temps où il n'y avait pas encore de Chambres des comptes dans les provinces de France, définit en effet la Chambre des comptes de Paris de la manière suivante : — « Une cour « *souveraine*, principale, première, seule et singulière, *du dernier ressort*, « en tout le fait des comptes et finances, l'arche et le répositoire des titres « et enseignements de la couronne et du secret de l'Etat, gardienne de la « régale et conservatrice des droits et domaines du roi. »

lement de recevoir les appels contre les arrêts de la Chambre
des comptes (1).

Ainsi la question fut vidée par ce roi dans l'intérêt de la souveraineté de la Chambre des comptes.

Un autre point historique digne d'intérêt et qui divise même
les auteurs, est relatif à l'époque à laquelle la Chambre des
comptes devint sédentaire; les uns tiennent pour l'année 1256,
en raison d'une ordonnance de saint Louis, en date de ladite
année, qui enjoint « aux majeurs et prudhommes de venir
« compter des recettes et dépenses des villes devant les gens
« des comptes de Paris; » — d'autres tiennent pour l'année
1296; — d'autres enfin pour l'année 1319, époque à laquelle
le conseil du roi et le parlement de Paris sont également devenus sédentaires.

La Chambre des comptes de Paris a occupé une grande place
dans l'ancienne monarchie; elle a eu l'honneur d'avoir à sa tête
d'illustres personnages comme Jacques de Bourbon, arrière-
petit-fils de saint Louis; Gaucher de Chatillon, connétable;
Jean de Trie et Robert Bernard, maréchaux de France; Henry
de Sully, de la famille du grand ministre; le plus grand de
tous, Michel de L'Hopital, qui fut premier président de la

----

(1) « Après avoir ouï les raisons qui.étaient alléguées par nostre Cour
de parlement, a été présenté une ordonnance qu'elle prétendait avoir été
donnée parties ouïes, au lieu de Saint-Jean-d'Angély, par feu de bonne
mémoire le roy Loys XI, et plusieurs arrêts sur ce donnés, tendans et concluans par les raisons que dessus et plusieurs autres alléguées, à ce que des
apoinctements et arrêts des dicts gens des comptes l'on pouvait appeler, et
que ces appellations, les unes pouvoient se vuider en la Chambre du Conseil
c'est à sçavoir quand procedait en ligne de compte ou closture d'iceluy, et
les autres en ladite Cour de Parlement. Et que de la part desdicts gens de
nos comptes estaient alléguées au contraire plusieurs ordonnances de nos
prédécesseurs roys de France, et mesmement, l'ordonnance de feu et bonne
mémoire le roy Philippe V donnée au Vivier en Brie en 1319; de Charles VI
au mois de mars 1408; de Charles VII au mois de décembre 1460; de Loys XI,
au mois de février 1464, qu'ils prétendoient aussy avoir été données parties
ouïes confirmation des dites précédentes et révocation de l'ordonnance de
Loys XI de Saint-Jean-d'Angély...... Notre dicte Chambre est érigée en
dernier ressort...» Mémorial B de la Chambre des comptes.

Chambre des comptes avant de devenir chancelier ; et plus tard
Nicolaï qui , sous Louis XV, tint au duc d'Orléans certaine
harangue demeurée célèbre.

La Chambre des comptes de Paris avait des attributions
très-vastes et très-diverses.

1° Elle avait des attributions *politiques* ; à ce titre elle enre-
gistrait les traités de paix, les contrats de mariage des rois, le
serment des prélats, les lettres d'ennoblissement etc..

2° Elle avait des attributions *domaniales* ; les titres du domaine étaient confiés à sa garde ; elle était chargée de l'enregistrement de tous les actes relatifs au domaine.

3° Elle avait enfin des attributions de comptes et finances ,
qui seules font, de cette Chambre et des Chambres des
comptes des provinces à partir du xvie siècle, les devancières
de la Cour des comptes d'aujourd'hui.

Mais ces Chambres n'avaient pas seulement le jugement des
comptes, elles avaient aussi sur les comptables, *pour tout le
fait des comptes,* une juridiction criminelle allant *jusqu'à la
torture,* et pouvant aller au-delà avec le concours de quelques
membres du parlement.

Telle était l'institution de l'ancienne monarchie.

Voyons maintenant ses œuvres !

Grande par son ancienneté, par sa haute position dans
l'Etat , par ses attributions , par l'illustration de ses chefs ,
cette institution a-t-elle été grande aussi par les services qu'elle
a rendus au pays ?

Oui et non !

Elle a rendu de véritables services dans l'exercice de ses
attributions domaniales ; elle s'est montrée la gardienne vigi-
lante des titres du domaine, et la nation en a recueilli les fruits
lorsqu'en 1789, rentrant en possession d'elle-même, elle reprit
aussi possession de son domaine , cessant d'être le domaine de
la couronne, pour devenir , dans le nouveau droit public de la
France, le domaine de la nation , le domaine national !

Mais ni la Chambre des comptes de Paris , ni les Chambres
des comptes des provinces n'ont rendu de sérieux services au
point de vue financier. Cela tenait à des causes diverses : — au

mode de perception des deniers publics, affermés aux fermiers généraux, aux traitants, qui n'avaient qu'à payer le prix de ferme des impôts et dissimulaient à la fois le produit réel de ces impôts et leurs exactions; — à l'absence complète de publicité; on entourait toutes les opérations de comptabilité d'un secret tellement absolu et systématique, qu'on a vu prescrire à la Chambre des comptes l'emploi exclusif d'huissiers qui ne savaient pas lire; — à l'arbitraire sans limites qui régnait dans l'administration des finances.

Aussi les anciennes Chambres des comptes ont été impuissantes à prévenir les malversations, à réprimer les dilapidations, à porter dans les finances l'ordre et la lumière, qui sont devenus, depuis 1807, les caractères distinctifs de la comptabilité française.

II.

Deuxième période (période intermédiaire); *deuxième système.*

La Révolution était directement provoquée par une immense crise financière; elle ne devait pas ménager les Chambres des comptes; elle les supprima toutes, et la Chambre des comptes de Paris, réduite à la ligne de comptes, après avoir été provisoirement maintenue en fonctions, tint sa dernière séance le lundi 19 septembre 1791.

Vous savez, Messieurs, quel fut le principe fondamental proclamé par l'Assemblée constituante en matière de finances; c'est que les recettes et les dépenses publiques doivent être chaque année discutées et votées par le Corps législatif élu de la nation et mandataire des contribuables.

L'Assemblée constituante y joignit la prescription de rendre publics par la voie de l'impression, au commencement des sessions de chaque législature, les états de toutes les dépenses et recettes certifiés par les ministres.

Elle y ajouta le droit absolu pour le pouvoir qui vote l'impôt de suivre l'emploi de toutes les recettes ; c'est le contrôle législatif.

Tout cela est resté dans notre droit public; ces principes, consacrés par la Constitution du 14 janvier 1852, ont chaque année pour application normale : les lois du budget et la loi des comptes, votées par la chambre élective, et, entre ces deux termes extrèmes de toutes les opérations de comptabilité d'un exercice, l'impression et la publication des comptes des ministres.

L'Assemblée constituante décida aussi qu'au lieu de ces dix Chambres des comptes, se rattachant à la distinction des anciennes provinces en pays d'états et pays d'élection que cette grande assemblée avait heureusement détruite en divisant la France en départements, il n'y aurait pour toute la France ouverte à l'unité administrative, qu'une seule administration financière et qu'une seule juridiction chargée de statuer sur tous les comptes.

Cela aussi est resté dans notre droit actuel, et c'est l'un des termes de notre unité nationale.

Mais l'Assemblée constituante, entraînée par une réaction naturelle, alla plus loin encore, et sous ce rapport elle dépassa le but. En présence des déplorables désordres financiers que les Chambres des comptes avaient été impuissantes à prévenir et à réprimer, elle déclara, par la loi des 17-29 septembre 1791, qu'elle se réservait à elle-même, non pas seulement le contrôle de la comptabilité, mais le jugement des comptes de deniers ; elle institua seulement un *Bureau de comptabilité* pour les recevoir et les vérifier provisoirement. C'était l'assemblée elle-même qui jugeait les comptes.

C'était un empiétement de la puissance législative ; elle s'attribuait une mission de juridiction, contrairement au principe de la séparation des pouvoirs qu'elle avait si heureusement proclamé.

Cette mission fut bientôt confiée, en dehors de la représentation législative, à une *Commission de comptabilité nationale,* successivement organisée par les Constitutions de 1793, de l'an III et de l'an VIII.

D'après cette dernière Constitution, celle du 22 frimaire de l'an VIII, cette commission fut composée de sept membres, choisis par le sénat dans la liste nationale d'éligibilité.

Ce système était vicieux, par d'autres causes que celui antérieur à 1789.

Ces commissions de comptabilité nationale n'étaient ni assez nombreuses, ni assez fortement constituées pour suffire à leur tâche; elles laissaient subsister un arriéré considérable.

Ce système avait également fait sa preuve d'insuffisance.

Il cessa d'exister en 1807.

III.

Troisième période (période actuelle) ; *troisième système.*

En 1807, l'Empereur Napoléon Ier, et l'habile ministre avec l'aide duquel il réussit à établir l'ordre le plus parfait dans l'administration des finances, M. le comte Mollien, ministre du trésor, conçurent la pensée d'un troisième système ; il avait pour objet la création d'un corps de magistrature spécial, dont le nombre fut proportionné à l'étendue de la tâche à remplir, haut placé, exclusivement chargé de vérifier la comptabilité et de la juger; c'était la création d'une Cour des comptes.

On était alors au lendemain de la célèbre entrevue de Tilsitt, et l'Empereur, après une absence d'une année, se consacrait aux travaux d'organisation intérieure et surtout d'organisation financière de la France.

Permettez-moi de vous montrer en quelle haute estime l'illustre historien *du Consulat et de l'Empire* tient la grande œuvre de la loi du 16 septembre 1807 qui a créé et constitué la Cour des comptes.

M. Thiers dit (tome VIII, page 105) :

« Napoléon compléta les belles mesures financières de cette année par l'établissement de la nouvelle comptabilité en partie double, laquelle acheva d'introduire dans nos finances la clarté admirable qui n'a cessé d'y régner depuis. »

Et plus loin (page 111) :

« Une seule institution manquait encore pour que l'administration
de la France ne laissât plus rien à desirer. On avait réuni dans la
comptabilité centrale, comme dans un foyer où des rayons lumineux
viennent se concentrer pour répandre plus d'éclat, tous les moyens de
contrôle et de constatation mathématique. Mais cette comptabilité
n'avait qu'une autorité purement administrative. Ses décisions à l'égard
des comptables étaient insuffisantes dans certains cas, pour les con-
traindre ou pour les libérer, et, à l'égard du pays, elles n'avaient
d'autre valeur morale que celle d'un témoignage rendu par les administrateurs du trésor sur eux-mêmes et sur leurs subordonnés. Il
restait à créer une juridiction plus élevée, c'est-à-dire une magistrature
apurant tous les comptes, déchargeant valablement les comptables,
dégageant leurs personnes et leurs biens hypothéqués à l'état, affirmant
après un examen fait en dehors des bureaux des finances, l'exactitude
des comptes présentés, et donnant à leur réglement annuel la forme
et la solennité d'un arrêt de Cour suprême. Il fallait enfin créer une
Cour des comptes. Napoléon y avait souvent pensé, et il réalisa au
retour de Tilsitt cette grande pensée. «

Plus loin encore (page 115) :

« Ce corps respectable, qui a depuis rendu de si grands services à
l'État, devait prendre rang immédiatement après la Cour de cassation,
et recevoir les mêmes traitements. On lui assigna, dès son début,
une tâche difficile, et qu'il pouvait seul accomplir ; c'était d'apurer les
comptabilités arriérées, dont le nombre ne s'élevait pas à moins de
2300, dont la date remontait à la création des assignats, et dont la
dernière commission de comptabilité n'avait jamais pu achever
l'examen.

Cet examen était difficile, car il fallait distinguer entre les comptables
de bonne foi qui avaient souffert des variations continuelles du papier-
monnaie et les comptables frauduleux qui en avaient profité. Il était
non seulement difficile mais urgent, urgent pour l'État qui avait à
réclamer des valeurs considérables, et pour les familles des comptables
morts ou révoqués, qui avaient à se débarrasser de l'hypothèque
légale mise sur tous leurs biens. La nouvelle Cour reçut le pouvoir
d'arbitrer à l'égard de ces comptabilités arriérées, tandis que pour les
comptes nouveaux elle devait s'en tenir à l'application rigoureuse des
lois. Elle s'acquitta bientôt de cet arbitrage, avec autant de justice

qu'elle en montra depuis dans l'application pure et simple des lois de finances, dont elle a la garde, comme la Cour de cassation a la garde des lois civiles et criminelles de notre pays.

Cette institution qui devait avoir des résultats si utiles et si durables pour l'administration toute entière, eut encore l'avantage secondaire de fouirnr des emplois honorables et lucratifs aux membres les plus distingués du Tribunat, que Napoléon tenait à placer d'une manière convenable, car dans ses conceptions tout se liait et s'enchaînait fortement. Il composa donc la nouvelle Cour des comptes avec les membres de la Commission de comptabilité qui venait d'être supprimée et avec les membres du Tribunat qui venait d'être supprimé également. »

J'éprouve, Messieurs, un plaisir tout particulier à prononcer, dans cette ville et au milieu de cette assistance (1), le nom qui va suivre.

« MM. Jard-Panvilliers, Delpierre, Brière de Surgy, les deux premiers membres du Tribunat, le troisième membre de la commission de comptabilité, furent nommés présidents de chambre. M. Garnier, membre de la commission de comptabilité, en fut nommé procureur général. Restait à pourvoir à la place de premier président...... »

L'illustre historien dit alors que M. le marquis de Barbé-Marbois, ancien ministre du trésor, fut appelé par l'Empereur à la première présidence de la Cour des comptes. Ajoutons qu'il l'a conservée depuis 1807 jusqu'en 1834; qu'il a été remplacé le 4 avril 1834 par M. le premier président Barthe, qui, lui-même, après deux interruptions momentanées en 1838 et 1848, a été remplacé le 11 février 1863 par M. le premier président de Royer, actuellement investi de ces hautes fonctions.

Ainsi, Messieurs, par la succession des magistrats qui ont occupé ce siége élevé, le présent touche en quelque sorte au passé, à l'époque même de la création de la Cour des comptes.

Ce troisième système suivi dans cette période historique,

(1) M. Jard-Panvilliers appartenait au département des Deux-Sèvres et à la ville de Niort; le professeur en prononçant ces paroles, voyait dans l'auditoire plusieurs membres de la famille de l'éminent magistrat.

dernière et actuelle, pour la vérification des comptes, a emprunté quelque chose aux deux précédents.

Au système de l'ancienne monarchie, il a pris l'idée de la création d'un corps de magistrature, suffisamment nombreux, composé d'éléments analogues à ceux des anciennes Chambres des comptes.

Au système de la période intermédiaire, celui des Commissions de comptabilité, et en outre des principes de droit public fondamentaux en matière de finances qu'a proclamés la Révolution, le système organisé en 1807 pour le jugement des comptes a emprunté trois choses principales : 1° l'unité de juridiction financière pour toute la France, en rejetant la pluralité des anciennes Chambres des comptes ; 2° la restriction de compétence à la comptabilité publique, sans aucun mélange d'attributions domaniales ou autres ; et 3° la suppression de toute compétence criminelle en raison des crimes même découverts par le jugement des comptes.

Disons encore que le système de 1807 a constitué ce nouveau corps de magistrature financière, par l'inamovibilité de ses membres, dans des conditions d'indépendance absolue.

Depuis cette époque, depuis sa création, les attributions de la Cour des comptes se sont élargies : sa juridiction sur les comptables de deniers, dès les premières années qui ont suivi, est devenue plus directe en devenant individuelle ; son contrôle sur les comptes d'administration des ordonnateurs s'est développé avec les progrès du régime représentatif ; son contrôle enfin a été étendu par la loi du 6 juin 1843 sur les comptables de matières.

Mais l'organisation de la Cour n'a pas varié, sauf une faible augmentation de personnel.

L'institution est demeurée intacte à travers les régimes politiques les plus divers, à travers les commotions les plus profondes et les plus contraires.

1814, 1815, 1830, 1848, 1852, lui ont à peine fait subir leurs contre-coups !

Nous terminons ici l'histoire de la Cour des comptes, et la première partie de cette conférence.

Dans cette seconde partie, que nous devons faire la plus brève pour ne pas dépasser les limites d'un entretien, nous avons, Messieurs, à nous demander :

Comment la Cour des comptes est composée?

Comment elle est organisée ?

Quels sont les caractères distinctifs de son institution?

Je vais avoir l'honneur de vous indiquer, à grands traits, comment ces divers points sont résolus par la loi du 16 septembre 1807, qui a créé la Cour des comptes, le décret organique du 28 du même mois, et le décret portant règlement d'administration publique, du 31 mai 1862, sur la comptabilité publique, qui a codifié et complété toutes les dispositions législatives et réglementaires antérieures, et qui forme véritablement le Code, en près de 900 articles, de la comptabilité publique en France.

I.

Parlons d'abord de la composition de la Cour.

A la tête de la Cour des comptes se trouvent : 1° un premier président; 2° un procureur général; 3° trois présidents de chambre.

Après ces chefs de la Cour, viennent trois ordres très distincts de magistrats :

1° Dix-huit *conseillers maîtres des comptes*, ayant seuls voix délibérative avec les présidents;

2° Quatre-vingt-quatre *conseillers référendaires*, 24 de première et 60 de seconde classe, chargés de vérifier tous les comptes soumis à la Cour, et (comme leur nom l'indique, du latin *referre*, rapporter) d'en faire le rapport; mais, contrairement à ce qui se passe au Conseil d'État pour les maîtres des requêtes chargés du rapport, les référendaires n'ont jamais voix délibérative, même dans les affaires dont ils font le rapport;

3° Vingt *auditeurs,* créés en 1856, 10 de première et 10 de seconde classe, parmi lesquels 10 peuvent être chargés par un décret de l'Empereur, après quatre ans de services, de faire les rapports avec les référendaires. Le tiers des places vacantes dans l'ordre des référendaires de 2ᵉ classe, est réservé aux auditeurs. Nul ne peut être nommé auditeur s'il n'est âgé de 21 ans au moins et de 30 ans au plus, s'il n'est licencié en droit, et s'il n'a été jugé admissible par une commission d'examen formée de trois membres de la Cour et de deux fonctionnaires de l'administration centrale des finances, tous désignés par le ministre.

Il y a enfin un greffier en chef qui présente des commis-greffiers.

Les présidents, conseillers maîtres et référendaires sont inamovibles.

Les auditeurs dont la situation est différente et qui font un stage, peuvent être révoqués par décrets de l'Empereur sur la proposition du premier président et du procureur général.

Pour le procureur général et le greffier en chef, ils sont soumis au droit commun des membres du parquet et des officiers ministériels.

Telle est la Composition de la Cour.

II.

Disons maintenant comment la Cour est organisée.

Elle est divisée en trois Chambres, composées chacune d'un président et de six conseillers maîtres ; chaque année deux membres de chaque Chambre sont répartis entre les deux autres ou dans une seule, suivant que les besoins du service l'exigent.

Les référendaires font leurs rapports auprès des trois Chambres indistinctement. Il en est de même des auditeurs rapporteurs.

Chacune des trois Chambres a ses attributions déterminées : la *première* juge les comptes relatifs aux recettes publiques ; la *seconde* juge ceux relatifs aux dépenses publiques ; la *troi-*

sième juge les comptes de recettes et de dépenses des communes et des établissements publics.

Les trois chambres se réunissent parfois en audiences solen-
nelles et publiques, non pour l'exercice de leur juridiction,
mais pour l'exercice du droit de contrôle dont nous parlerons
tout-à-l'heure.

III.

Il nous reste à signaler les principaux caractères distinctifs
de cette grande institution.

En premier lieu, vous avez remarqué sans peine, Messieurs,
que cette composition, cette organisation de la Cour des
comptes que nous venons d'exposer sont calquées sur le modèle, non-seulement des anciennes Chambres des comptes
issues du Parlement, mais aussi des cours actuelles de l'ordre
judiciaire, Cour de cassation et Cours impériales. Mais ne vous
y trompez pas ! La Cour des comptes est entièrement étrangère
à l'ordre judiciaire. Sans doute elle a une mission de juridiction ; sans doute elle est un tribunal, une cour souveraine, en
même temps qu'un corps politique ; mais c'est un tribunal de
l'ordre administratif. Sans doute ses magistrats sont inamovibles, contrairement aux règles écrites pour les autres magistrats de l'ordre administratif ; mais cette différence, qui tient
surtout à cette circonstance capitale que la Cour des comptes
ne juge jamais les actes des administrateurs, tandis que les
autres tribunaux administratifs sont sans cesse au contraire ap-
pelés à les juger, ne peut en aucune manière servir à déterminer
la nature juridique et légale de l'institution.

C'est dans l'organisation administrative de la France qu'elle
occupe la grande place que les puissantes inspirations de son
fondateur ont voulu lui donner ; ces lois financières, dont elle
a la garde, ont toutes au premier chef ce caractère d'intérêt
général, qui est le trait distinctif des lois administratives ; à ce
titre elle est placée dans le département du ministre des finances, sous le contre-seing duquel interviennent tous les décrets de l'Empereur qui nomment les membres de la Cour ; à

ce titre enfin elle doit relever du Conseil d'Etat, en tant que régulateur suprême de toutes les compétences administratives!

En second lieu, la Cour des comptes juge toujours en dernier ressort; elle est souveraine, c'est-à-dire qu'on ne peut interjeter appel de ses arrêts devant aucune autre juridiction, parce qu'il n'en est pas, sous ce rapport, de supérieure à la sienne. Mais il est indispensable qu'il y ait une juridiction investie du pouvoir de casser ses décisions si elle venait à violer les lois de son institution. C'est à ce point de vue que la Cour des comptes relève du Conseil d'Etat, considéré sous ce rapport, non comme tribunal d'appel, mais comme tribunal de cassation, à qui les parties intéressées, c'est-à-dire le comptable, le ministre des finances, la commune ou l'établissement public, peuvent déférer l'arrêt de la Cour, non pour faire de nouveau juger le compte, mais pour faire casser l'arrêt, seulement pour cause d'incompétence, d'excès de pouvoir, de violation des formes et de la loi. La législation de 1848 avait cru devoir enlever cette attribution au Conseil d'Etat pour la donner au Tribunal des conflits; c'était, à notre point de vue, une violation flagrante du principe qui vient d'être établi.

En troisième lieu, la Cour des comptes forme, en principe, un degré unique de juridiction, c'est-à-dire qu'elle juge en premier et dernier ressort; mais exceptionnellement elle juge comme second degré de juridiction, c'est-à-dire comme tribunal d'appel, dans deux cas : 1° comme tribunal d'appel des conseils de préfecture, relativement au jugement des comptes des communes, des établissements publics (hôpitaux, hospices, bureaux de bienfaisance) et des associations syndicales, lorsqu'il s'agit de communes dont les recettes ordinaires ne se sont pas élevées à 30,000 francs pendant trois années consécutives; 2° comme tribunal d'appel des conseils privés des colonies pour les comptes qui leur sont soumis.

Après ces trois grandes règles, rappelons celles déjà signalées que la juridiction de la Cour des comptes embrasse tout l'Empire, et que cette haute compagnie, dans l'ordre des préséances, marche immédiatement après la Cour de cassation, — et le résumé que nous devions vous présenter sera complet.

C. C.   2

Désormais le moment est venu de vous exposer les attributions de la Cour des comptes ; ce sera la troisième et dernière partie de cette conférence.

TROISIÈME PARTIE.

Nous avons déjà eu l'honneur de vous dire, Messieurs, que les attributions de la Cour des comptes sont exclusivement relatives à la comptabilité publique ; il faut ajouter qu'elles en embrassent toutes les parties, mais que la nature du pouvoir de la Cour varie avec la nature des comptes qui lui sont soumis.

Ici nous sommes obligés d'entrer dans quelques explications préalables.

Une distinction capitale domine toute cette partie de notre législation ; elle est écrite au frontispice même de la loi de 1807, c'est la distinction des *comptables* et des *ordonnateurs*.

Ces deux ordres de fonctions sont incompatibles ; elles doivent toujours être séparées ; ce sont les termes mêmes de la loi de 1807.

Les comptables de deniers publics ont seuls le maniement des fonds ; ils ont une caisse ; ils rendent compte de leur gestion ; ils présentent des comptes de gestion.

Les ordonnateurs n'ont jamais ce maniement. On appelle ordonnateurs les fonctionnaires chargés de l'*ordonnancement* des dépenses, c'est-à-dire de délivrer l'ordre de payer sans lequel les caisses des comptables doivent restées fermées.

Ces ordonnateurs ne sont autres que les administrateurs eux-mêmes.

Ils varient avec chaque unité administrative, avec chaque budget. — Pour la commune, c'est le maire. — Pour le département, c'est le préfet. — Pour l'Etat, ce sont les ministres.

Chaque ministre est l'*ordonnateur supérieur* pour tous les services compris dans son département ministériel, et au-dessous de lui il y a des *ordonnateurs secondaires,* tels que les préfets pour la plupart des services civils, les membres de l'intendance pour les services militaires, etc.

Les ministres ordonnateurs procèdent, soit par *ordonnances de paiement* délivrées directement au profit du créancier de l'Etat, soit par *ordonnances de délégation* par lesquelles ils autorisent les ordonnateurs secondaires à disposer d'une partie des crédits de leurs ministères, en délivrant aux créanciers de l'Etat des *mandats de paiement.*

Tous les ordonnateurs secondaires rendent compte au ministre, et chaque ministre ordonnateur rend compte lui-même de toutes ces opérations d'ordonnancement.

Ce ne sont plus là des comptes de gestion; ce ne peuvent être des comptes de deniers, puisque les ordonnateurs n'en ont jamais le maniement. C'est là une garantie puissante dans l'administration de la fortune publique. C'est en même temps une vérité élémentaire, banale, mais obscurcie de préjugés contraires, et qu'il faudrait faire pénétrer profondément dans les masses populaires, à savoir que les ministres ordonnateurs, les préfets et les maires n'ont jamais en leurs mains les deniers publics!

Par conséquent, leurs comptes ne peuvent être que des comptes moraux, des comptes d'administration.

Or, la Cour des comptes juge les comptes de gestion des comptables de deniers; mais elle ne juge pas, elle contrôle seulement les comptes d'administration des ordonnateurs.

De sorte que la distinction des comptables et des ordonnateurs aboutit, en ce qui concerne les attributions de la Cour des comptes, à la séparation en deux branches distinctes, des attributions de la Cour des comptes : — d'une part, en attributions de *juridiction* sur les comptables de deniers; elle juge leurs comptes; elle rend des arrêts; de ce chef elle est un véritable *tribunal administratif suprême;* — et d'autre part, en attributions de *contrôle* sur les ordonnateurs; à ce titre elle contrôle leurs comptes, mais ne les juge pas; elle rend non pas des arrêts, mais des *déclarations générales de conformité;* elle n'est plus un tribunal, une cour souveraine; elle est un *corps politique,* chargé d'éclairer les pouvoirs publics, chargé de fournir des éléments certains d'appréciation au contrôle législatif.

Cette distinction fondamentale qui confère une double mission à la Cour des comptes, explique par avance et facilite tout ce que désormais nous pourrons dire brièvement (et je l'espère sans dépasser les limites de cet entretien) des attributions de la Cour, en parlant d'abord de sa juridiction, ensuite de son contrôle.

Toutefois disons de suite, et pour n'y plus revenir, que la Cour des comptes procède à l'égard des *comptes matières*, non comme à l'égard des comptes de deniers, mais comme pour les comptes des ordonnateurs ; le législateur a considéré que les exigences de la discipline militaire à laquelle sont soumis les comptables en matière de la marine et de la guerre, ne permettaient pas de les soumettre directement à la juridiction de la Cour ; et même jusqu'en 1843 ces comptables restèrent complètement en dehors de son action ; la loi du 6 juin 1843 les a soumis au contrôle de la Cour qui rend également des déclarations de conformité sur les comptes de matières.

Sous le bénéfice de ces explications préalables et indispensables, parlons maintenant des attributions de juridiction de la Cour des comptes, des arrêts qu'elle rend en tant que tribunal administratif ; nous dirons ensuite quelques mots de sa mission de contrôle sur les ordonnateurs et de ses déclarations de conformité.

I.

Les comptes de deniers publics jugés par la Cour des comptes sont relatifs à la recette ou à la dépense ; que fait la Cour dans l'un et l'autre cas ?

Lorsque la Cour juge les comptes des préposés à la recette, elle recherche si le comptable a perçu tout ce qui devait l'être ; ses vérifications, qui sont toujours assurées par un double rapport, celui d'un référendaire ou d'un auditeur rapporteur, et ensuite celui d'un maître des comptes, précédant l'un et l'autre l'arrêt de la Cour, sont tellement complètes que les erreurs les plus minimes ne lui échappent guère ; et il n'est pas rare de voir des comptables forcés à la recette pour des inexactitudes de cinq centimes.

Lorsque la Cour juge les *comptes* des préposés à la dépense, elle recherche si la dépense a été faite, et si elle l'a été régulièrement, en vertu d'ordonnances ou de mandats revêtus des formalités prescrites et accompagnés des pièces déterminées par les lois et réglements pour établir la réalité et la légalité de la dette.

La Cour rend trois sortes d'arrêts.

Elle décide que le comptable est *quitte;* — ou qu'il est en *avance;* — ou qu'il est en *débet.*

Dans les deux premiers cas, l'arrêt lui donne décharge de la gestion et ordonne main levée et radiation des oppositions et inscriptions hypothécaires mises sur ses biens à raison de la gestion dont le compte est jugé.

Dans le troisième cas, elle condamne le comptable à solder son débet au trésor, dans le délai prescrit par la loi.

Mais la loi d'institution de la Cour des comptes a respecté le principe de la séparation de l'autorité administrative et de l'autorité judiciaire, toujours inconnu avant 1789, aussi bien dans les anciennes *Chambre des comptes,* que dans la *Cour des monnaies,* que dans l'ancien *Conseil du roi,* et, en sens inverse, que dans le Parlement; aujourd'hui la Cour des comptes, tribunal administratif, voit sa compétence circonscrite à la connaissance des faits de comptabilité. Investie du droit de juger le compte, elle n'a pas celui de juger le comptable. S'il s'élève une question civile à l'occasion des comptes, elle doit la renvoyer à l'autorité judiciaire; de même s'il s'élève une question criminelle, si elle découvre la preuve d'un crime de faux, de concussion, ou de détournement, elle n'a pas compétence pour juger et frapper le coupable; le procureur général de la Cour des comptes doit seulement en aviser le ministre de la justice, chef suprême de l'ordre judiciaire, qui donne les ordres nécessaires pour mettre en mouvement l'action publique.

Les arrêts de la Cour des comptes, indépendamment du pourvoi en cassation devant le Conseil d'Etat délibérant au contentieux, peuvent être attaqués devant la Cour elle-même, pour erreur de calcul reconnue, faux ou double emploi; c'est une application souverainement équitable du proverbe bien connu : « erreur n'est pas compte. »

L'article 375 du Décret portant réglement général sur la comptabilité publique du 31 mai 1862, donne la nomenclature des comptables justiciables de la Cour des comptes, tenus à produire chaque année leurs comptes parmi les formes et les délais déterminés. Bornons-nous à nommer, parmi ces milliers de justiciables, les trésoriers payeurs généraux des finances, les receveurs de l'enregistrement, du timbre, et des domaines, les receveurs des douanes, les receveurs des contributions indirectes, les receveurs des postes, les économes des lycées impériaux, les receveurs des communes, hospices, et établissements de bienfaisance, suivant la distinction ci-dessus établie entre la juridiction en premier et dernier ressort de la Cour des compes.

Ce n'est pas tout, Messieurs; la Cour des comptes, et les Conseils de préfecture au premier degré de juridiction dans les communes qui n'ont pas 30,000 fr. de revenus, ont aussi d'autres justiciables. Ce ne sont plus des citoyens régulièrement investis des fonctions de comptables, ce sont des *comptables de fait*, devenus tels aux termes de l'article 64 de la loi du 18 juillet 1837 et de l'article 25 du décret réglementaire du 31 mai 1862, parce qu'ils se sont ingérés sans droit dans le maniement, soit des deniers de l'Etat (ce qui est plus rare), soit des deniers communaux (ce qui arrive trop souvent), soit des établissements publics (ce qui se voit aussi). Ce sont, le plus souvent, des maires, des adjoints, des curés, des desservants, parce qu'ils ont plus d'occasions que d'autres de transgresser ces lois; ce peuvent être aussi de simples citoyens.

A côté des gestions patentes et régulièrement décrites, ce sont, aux termes mêmes de la loi, des gestions *occultes*.

Vous devenez comptable *ipso facto*, par le seul fait de votre ingérance dans le maniement des deniers publics.

La jurisprudence offre des décisions pleines d'enseignements et qui vous crieraient bien haut, si je n'étais trop pressé par le temps pour vous les lire, que nul ne peut impunément ignorer ou méconnaître les lois protectrices de la comptabilité publique.

Entre autres exemples, vous verriez ici un père de famille

faisant aux noces de sa fille une quête pour les pauvres de la commune, la leur distribuant lui-même, au lieu de la verser dans la caisse du bureau de bienfaisance, obligé de rendre compte (arrêté du Conseil de préfecture de l'Indre, du 9 mars 1866) ; — vous verriez ici un adjoint et un desservant recueillant des souscriptions pour achever la construction d'une église paroissiale, édifice communal au premier chef, et forcés de rendre compte, alors que le desservant a employé de son chef à des travaux d'embellissement, un prétendu excédant qui, par suite de circonstances imprévues, s'est trouvé nécessaire aux travaux de construction et dont le déficit donne lieu, à la charge de la commune, à de nouvelles impositions (arrêt du Conseil d'État du 12 août 1848, *Antony et Dumas contre la commune d'Arveyres*); — vous verriez ailleurs un desservant déclaré comptable de deniers communaux à raison de souscriptions par lui recueillies pour la reconstruction de l'église paroissiale de la commune, nonobstant l'intervention des souscripteurs soutenant devant le Conseil d'État qu'en concourant à la souscription ouverte par le succursaliste ils ont entendu le laisser libre de disposer à son gré des fonds qu'ils lui remettaient sans qu'il eut à en rendre compte (arrêt du Conseil d'État du 15 avril 1857, *Chervaux et Clermont-Tonnerre contre la commune de Vireaux*).

Veuillez remarquer, Messieurs, qu'au cas de gestion occulte, le comptable de fait ne s'expose pas seulement à l'obligation, souvent bien difficile en pareils cas, de rendre compte; il encourt aussi des poursuites pour immixtion dans l'exercice des fonctions publiques aux termes de l'article 258 du Code pénal, l'hypothèque légale sur ses biens aux termes de l'article 2121 du Code Napoléon et de la loi du 5 septembre 1807, et enfin, en cas de condamnation à un reliquat, la contrainte par corps aux termes de la loi du 17 avril 1832, qui, à l'heure où nous parlons, n'est pas encore abrogée.

Cette règle vous paraît-elle sévère? Songez, Messieurs, que si, dans les espèces citées, la fidélité de ces comptables de fait ne paraît pas avoir été incriminée, parfois aussi le vol et la fraude pourraient se glisser sous le manteau des intentions les plus

respectables ! Songez aussi que la loi est protectrice de l'intérêt
général sans être draconienne, car elle permet au juge « à dé-
« faut de justifications suffisantes et lorsqu'aucune infidélité ne
« sera relevée à la charge du comptable de fait, de suppléer,
« par des considérations d'équité, à l'insuffisance des justifica-
« tions produites. »

Telles sont les attributions de juridiction de la Cour des
comptes.

II.

Il me reste à vous dire, aussi brièvement que possible, en
quoi consistent les attributions de contrôle que la Cour des
comptes exerce sur les ordonnateurs en tant que corps politique.

Nous avons annoncé déjà que, chaque année, les ministres
ordonnateurs dressent et font imprimer leurs comptes; chaque
ministère a son volume.

Puis le ministre des finances fait dresser le *compte général
de l'administration des finances*, qui résume les comptes de
tous les ministres; en voilà un! chaque année produit le sien.

Tous ces volumes sont distribués tous les ans au Sénat et au
Corps législatif, pour l'élaboration de la *loi des comptes*, c'est-
à-dire du contrôle législatif.

C'est le principe de 1789; le Corps législatif a voté *les lois
du budget*, qui autorisent l'impôt et la dépense en ouvrant les
crédits; le Corps législatif vote aussi la *loi des comptes,* et c'est
entre ces deux termes (la loi du budget et la loi des comptes),
que se produisent pour chaque exercice, c'est-à-dire pour
chaque année budgétaire, toutes les opérations de la comptabilité publique.

Mais pour préparer, pour faciliter ce contrôle législatif, pour
lui donner des bases certaines, la Cour des comptes exerce
préalablement le sien.

Comment l'exerce-t elle?

Elle examine s'il y a exactitude de corrélation entre ces
comptes ministériels et les comptes individuels des comptables
qu'elle a jugés.

Chaque année, chacune des trois chambres de la Cour, suivant leur compétence respective, rend, s'il y a lieu, des déclarations partielles ou spéciales de conformité.

Puis la Cour, toutes Chambres réunies, et le procureur général entendu, les prend pour base des *déclarations générales de conformité* qu'elle doit rendre et qu'elle rend toujours très-exactement (quoiqu'on en ait dit) dans le délai fixé par la loi, c'est-à-dire avant *le 1er septembre de l'année qui suit celle de la clôture de l'exercice.*

Cette limite se réfère à la règle d'après laquelle, pour que les services aient le temps de recevoir leur exécution, la durée d'un exercice se prolonge jusqu'au 31 août de l'année suivante. Ainsi l'exercice 1865 n'a été clos que le 31 août 1866, et les déclarations générales de conformité relatives à cet exercice devront être rendues avant le 1er septembre 1867, délai nécessaire pour donner le temps à chaque ministre ordonnateur de dresser son rapport et le faire imprimer, au ministre des finances de faire dresser et imprimer son compte général, et à la Cour des comptes de faire son travail de préparation des déclarations générales de conformité.

Ces déclarations sont au nombre de deux.

L'une des deux déclarations se réfère à la situation financière de l'année précédente sans distinction d'exercice, et porte le titre de *Déclaration générale sur les comptes de l'année* 18..

L'autre se réfère à la situation définitive de l'exercice expiré, et se nomme *Déclaration générale sur la situation définitive de l'exercice* 18..

Ces déclarations générales de conformité sont chaque année publiées au *Moniteur universel.* Combien de citoyens les y voient, non-seulement sans les lire, mais aussi sans se rendre compte du nom, de l'importance, de la portée de tels actes?

Imprimées avec les tableaux qui y sont annexés, ces déclarations, suivies des réponses des ministres aux constatations critiques de la Cour, sont distribuées aux grands corps de l'Etat, afin que le Corps législatif puisse voter la loi des comptes avec tous les éléments nécessaires pour éclairer sa religion.

C. C.

3

En outre, la Cour des comptes, par les mains de son premier président, remet chaque année un *Rapport à l'Empereur*, contenant le résultat général des travaux de la Cour et ses vues de réforme et d'amélioration dans les différentes parties de la comptabilité. Ce rapport est remis à l'Empereur après le prononcé des déclarations générales de conformité ; il est également imprimé et distribué au Sénat et au Corps législatif en même temps que les éclaircissements fournis par les divers ministères.

Résumons-nous, Messieurs.

L'action de la Cour des comptes s'étend à toutes les opérations de la comptabilité française qu'elle domine toute entière.

Elle étend sa surveillance tutélaire à toutes les parties de la fortune publique.

Sa mission est double.

Elle juge ; elle contrôle.

Elle est un tribunal administratif souverain ; elle est aussi un corps polititique haut placé.

Entre les deux branches de ses attributions, entre son contrôle et sa juridiction, il y a un lien intime ; elles se complètent ; elles se fortifient l'une par l'autre.

Cette vérité a été mise en relief dans le passage suivant d'un discours prononcé dans une audience solennelle de la Cour par M. le premier président Barthe, en 1840. Il disait :

« Dans l'examen des faits particuliers, aucune dilapidation,
« aucune erreur, aucune négligence ne doit échapper aux vé-
« rifications dont chaque compte est l'objet. Après cet exa-
« men partiel, si l'accord est proclamé entre les résultats des
« arrêts qui ont su atteindre tous les mouvements des deniers
« publics et les comptes généraux présentés par l'adminis-
« tration, on peut dire que l'emploi et le mouvement de ces
« deniers sont placés sous des garanties faites pour inspirer la
« confiance la plus entière. »

Tel est, Messieurs, le trait caractéristique de la comptabilité française.

Puissiez-vous emporter de cet entretien la conviction de cette vérité que, dans notre pays, le mouvement et l'emploi des

deniers publics sont placés sous des garanties faites pour inspirer à la nation la confiance la plus entière.

Et cette confiance salutaire est à la fois le but et l'œuvre de
la grande institution que j'ai cherché à vous faire connaître.

C'est le but et l'œuvre de cette haute magistrature à qui
M. le premier président de Royer, en s'asseyant pour la première fois sur ce siége élévé, le 11 février 1863, a pu faire
entendre ces paroles (qui seront les dernières que j'aurai l'honneur de prononcer) :

« Reconnaissons ensemble, Messieurs, que si, dès son ori-
« gine impériale, la Cour des comptes a contribué à constituer
« l'unité et la force de l'administration française, son action et
« son contrôle n'ont jamais été mieux réglés et plus acceptés
« qu'aujourd'hui. Juger les comptables publics, contrôler
« les recettes et les dépenses de l'Etat, constater par ses
« déclarations générales l'exactitude des comptes généraux des
« ministres et leur conformité avec ses arrêts, et, sans étendre
« son action sur les ordonnateurs, porter à la connaissance du
« Souverain ses observations et ses vues de réforme, c'est,
« pour une Cour, une tâche qui demande autant de lumières
« que d'indépendance et de maturité, et qui peut, à bon droit,
« compter, dans tous les temps, parmi les devoirs publics les
« plus considérables et les plus élevés. »

Th. DUCROCQ,

Professeur de droit administratif à la Faculté
de Droit de Poitiers.

St-Maixent, Typ. Ch. Reversé.